GWASTRAFF

RHIANNON PACKER

Argraffiad cyntaf – 2006

ISBN 1 84323 610 9
ISBN-13 9781843236108

ⓗ Gwasg Gomer ©

Cynllun y gyfres: mo-design.com

Lluniau gwreiddiol ar t. 15 a 27 gan Maggy Roberts.
Map ar t. 12-13 gan Ray Edgar.
Lluniau ar t. 11 a 29 (canol) gan Lowri Evans.
Llun ar t. 24 gan Gweirydd Davies.

Diolch i Gwenan Davies, Swyddog Datblygu Cynllun 'Craff am Wastraff' am ei
chymorth wrth baratoi'r llyfr hwn.

Noddwyd gan Lywodraeth Cynulliad Cymru

Argraffwyd yng Nghymru gan Wasg Gomer, Llandysul, Ceredigion SA44 4JL
www.gomer.co.uk

Cynnwys

8

17

26

31

3

Taflu gwastraff

Bob dydd, rydyn ni'n cynhyrchu llawer o wastraff.
Fel arfer, rydyn ni'n taflu'r gwastraff yma yn y bin:

- bwyd
- papurau newydd
- cardfwrdd
- caniau alwminiwm
- poteli plastig
- poteli gwydr

Oeddech chi'n gwybod ...?

- Mae person yn cynhyrchu 500kg o wastraff bob blwyddyn.

- Mae teulu yn cynhyrchu 0.59 tunnell o wastraff bob blwyddyn.

- Mae Prydain yn cynhyrchu 25 miliwn tunnell o wastraff bob blwyddyn.

Bob wythnos, mae teuluoedd yn rhoi eu gwastraff mewn bagiau du. Mae'r lori sbwriel yn cario'r bagiau du i'r tomenni sbwriel.

Ond mae problem.

- Mae gormod o wastraff.

- Does dim digon o le yn y tomenni sbwriel i'r gwastraff.

- Does dim llawer o'r gwastraff yn torri i lawr yn naturiol.

- Mae plastig yn cymryd blynyddoedd i dorri i lawr.

- Mae caniau aerosol a hylifau glanhau yn gwneud niwed i'r amgylchedd.

- Mae gwastraff arall yn gwneud niwed i'r amgylchedd ac yn achosi llygredd.

Mae'r siart yn dangos y math o sbwriel sy yn ein biniau:

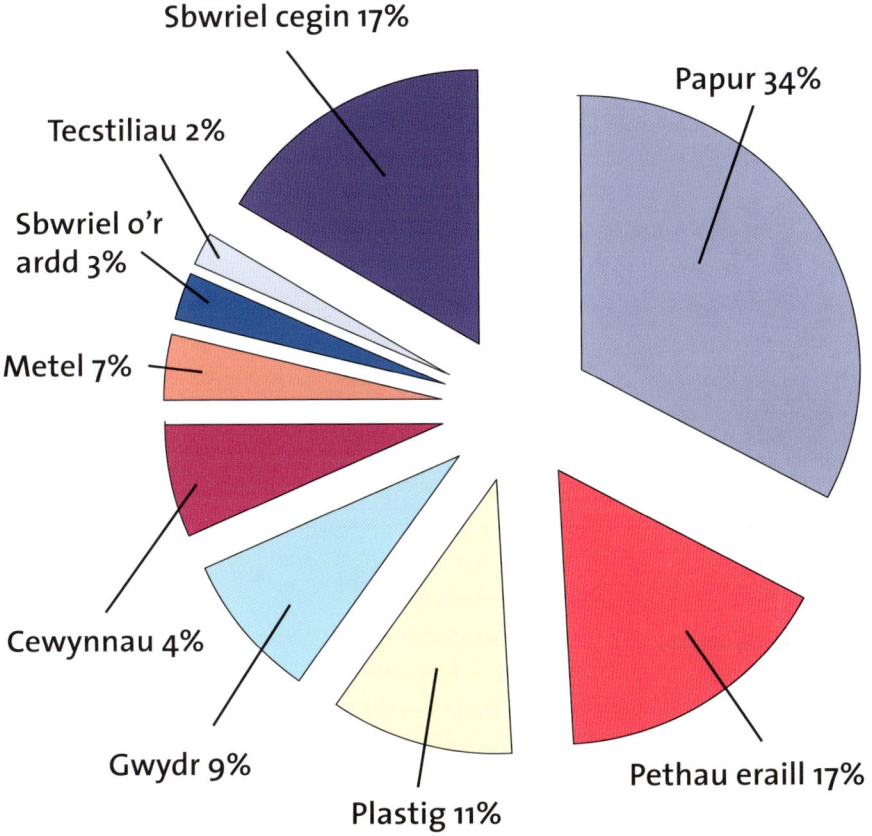

Sbwriel cegin 17%

Tecstiliau 2%

Sbwriel o'r ardd 3%

Metel 7%

Cewynnau 4%

Gwydr 9%

Plastig 11%

Pethau eraill 17%

Papur 34%

Ond beth am ailgylchu neu ailddefnyddio'r gwastraff?

Edrychwch ar y ddelwedd eto. Mae'n bosibl ailgylchu'r:

tecstiliau	2%
metalau	7%
gwydr	9%
plastig	11%
Sbwriel cegin a gardd	20%
papur	34%
Cyfanswm:	**83%**

Mae'n bosibl ailgylchu dros 80% o'r pethau yn y bin!

Ailgylchu

Ydych chi'n ailgylchu?

Ydy'ch teulu'n ailgylchu?

Ydy'ch ffrindiau'n ailgylchu?

Yn 2004 – 2005, roedd 19.4% o wastraff Cymru'n cael ei ailgylchu.

Beth am wledydd eraill?

Ydyn nhw'n ailgylchu?

Ydy Cymru'n dda am ailgylchu?

Mae'r Undeb Ewropeaidd (UE) eisiau i bob gwlad ailgylchu **33%** o wastraff tŷ erbyn 2015.

Yn Y Swistir os ydych chi'n rhoi gwydr neu bapur yn y bin – mae dirwy o £35!

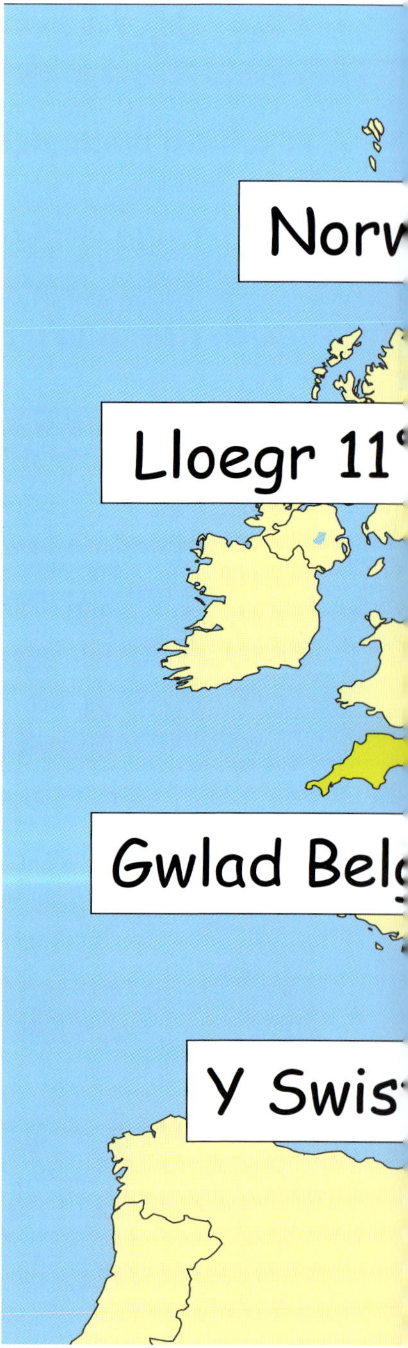

Norw

Lloegr 11°

Gwlad Belg

Y Swis

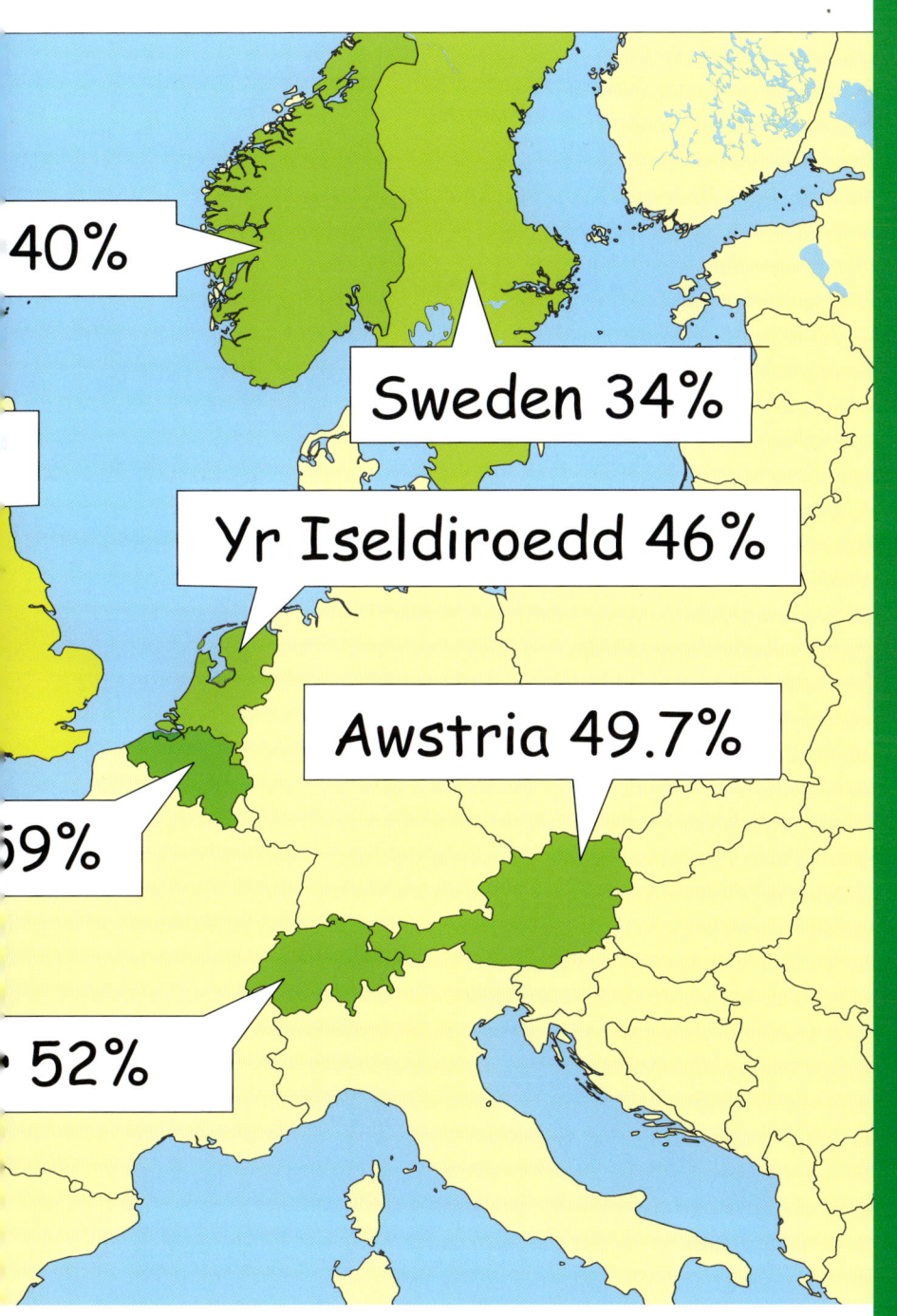

40%

Sweden 34%

Yr Iseldiroedd 46%

Awstria 49.7%

59%

52%

Mae polisi newydd mewn ardaloedd yn Awstralia, Canada, UDA a Seland Newydd.

Y polisi newydd ydy polisi **DIM GWASTRAFF**.

Beth ydy polisi **DIM GWASTRAFF?**

Gyda polisi **DIM GWASTRAFF**, rhaid gallu ailddefnyddio neu ailgylchu popeth rydych chi'n ddefnyddio.

Nawr, mae'r ardaloedd yn Canada a Awstralia yn ailgylchu llawer iawn.

Edrychwch ar y tabl:

	Canada	Awstralia	Prydain
Ailgylchu	70%	59%	11%

Gyda'r polisi dim gwastraff, rhaid cael tri bag gwahanol:

Bag 1: Gwastraff anodd – e.e. batris, hylifau glanhau

Bag 2: Gwastraff organig – e.e. bwyd

Bag 3: Gwastraff sych – e.e. gwydr, plastig, papur

Mae 50% o'r gwastraff yn cael ei ailgylchu.

Ailgylchu ac ailddefnyddio

Beth ydy'r ateb i'r broblem?

Sut mae lleihau gwastraff?

Sut mae ailgylchu?

Mae Cyfeillion y Ddaear yn dweud ei bod hi'n bosib ailgylchu neu ailddefnyddio 80% o wastraff Cymru.

Mae'n bosib ailgylchu neu ailddefnyddio:

papur gwastraff

llyfrau ffôn

tecstiliau ac esgidiau

poteli gwydr

poteli plastig

batris ceir

olew injan car

caniau bwyd

caniau alwminiwm

ffoil alwminiwm

ffonau symudol

Beth sy'n digwydd i'r gwastraff sy'n cael ei ailgylchu?

PAPUR: 4 wythnos i ailgylchu

1. Mae papur (ond dim papur brown a lliw) yn mynd i ffatri yn Ne Lloegr (Aylesford Newsprint).

2. Mae'r ffatri'n golchi'r papur mewn dŵr sebon. Mae'r inc yn cael ei olchi allan o'r papur.

3. Mae'r papur yn troi'n fwydion ac yn mynd i'r peiriant gwneud papur.

4. Yna, mae'r papur yn cael ei sychu ac yn cael ei roi ar riliau mawr 30 tunnell.

5. Mae'r papur yn mynd i gwmnïau papur newydd.

Papur a chardfwrdd ydy 34% o'n gwastraff. Rydyn ni'n defnyddio fforest maint Cymru bob blwyddyn i roi digon o bapur i bobl Prydain.

Mae 40% o bapur ym Mhrydain yn cael ei ailgylchu.

18

CANIAU ALWMINIWM:

6 wythnos i ailgylchu

1. Mae'r caniau yn mynd i ffatri ailgylchu yn Ne Cymru.

2. Mae'r ffatri'n gwasgu'r caniau.

3. Mae'r ffatri'n toddi'r caniau ac yn eu troi nhw'n flociau mawr o fetel.

4. Mae'r blociau'n cael eu rholio'n llenfetelau.

5. Mae'r llenfetelau'n cael eu hanfon i ffatrïoedd gwneud caniau yn Ewrop.

Mae 41% o ganiau alwminimwm Prydain yn cael eu hailgylchu.

GWYDR:

18 diwrnod i'w ailgylchu

1. Mae'r poteli gwydr yn mynd i ddwy ffatri yn Swydd Efrog ac Essex.

2. Mae'r poteli yn cael eu golchi.

3. Mae'r gwydr yn cael ei wahanu yn ôl lliw.

4. Mae'r gwydr yn cael ei falu.

5. Mae'r gwydr yn mynd i ffwrnais 1500° C ac yn toddi.

6. Mae'r gwydr fel hylif.

7. Mae 80% o'r gwydr sy'n cael ei ailgylchu yn creu poteli newydd.

Oeddech chi'n gwybod ...?

- Mae dros 23,000 o fanciau gwydr ym Mhrydain.

- Bob blwyddyn, mae un teulu yn defnyddio tua 500 potel wydr.

- Rydyn ni'n ailgylchu tua 25% o'r poteli yma – mae'r Swistir yn ailgylchu 95% o wydr. Mae'r Iseldiroedd yn ailgylchu 91% o wydr.

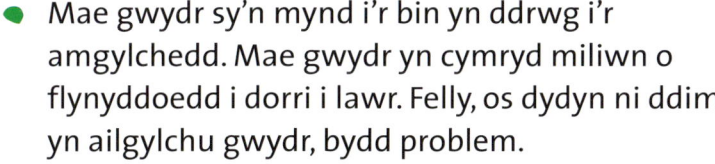

- Mae gwydr sy'n mynd i'r bin yn ddrwg i'r amgylchedd. Mae gwydr yn cymryd miliwn o flynyddoedd i dorri i lawr. Felly, os dydyn ni ddim yn ailgylchu gwydr, bydd problem.

Dydy poteli llaeth ddim yn cael eu hailgylchu. Maen nhw'n cael eu hailddefnyddio. Mae pob potel laeth yn cael ei hailddefnyddio tua 20 gwaith.

Ailgylchu a gwerthu eto

Pan rydyn ni'n ailgylchu rydyn ni'n gwneud rhywbeth newydd. Rydyn ni'n gallu gwerthu'r peth yma.

Felly, wrth ailgylchu rydyn ni'n creu marchnad.

Rydyn ni'n ailgylchu gwastraff a'i droi yn rhywbeth mae'n bosib ei werthu eto.

Heddiw, mae nifer fawr o gwmnïau yn ailgylchu gwastraff a'i droi yn rhywbeth i'w werthu.

Dyma enghraifft:

Mae'r cwmni *Remarkable* yn casglu:

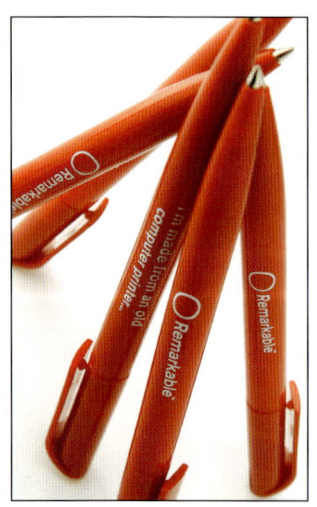

Cwpanau plastig
Printwyr cyfrifiadurol
Teiars
Polystyren
Polypropylen

O'r gwastraff yma, mae *Remarkable* yn creu prenau mesur, pensiliau, llyfrau ysgrifennu, bocsys.

Jîns

Ydych chi'n hoffi gwisgo jîns?

Ydych chi'n hoffi gwisgo denim?

Beth ydych chi'n wneud gyda hen jîns neu jîns sy'n rhy fach?

Ydych chi'n taflu'r jîns i'r bin?

Ydych chi'n ailgylchu'r jîns?

- Mae cwmni yn America yn defnyddio hen jîns i wneud pensiliau a phapur. A lliw y pensil ydy glas!

- Mae ffatri Levi Strauss yng Ngwlad Thai yn ailgylchu'r darnau denim sbâr a'i droi'n gardbord amrwd.

- Mae cwmni yn America yn ailgylchu sgrap a'i droi'n ddefnydd i wneud jîns newydd. Mae angen 11 pwys o sgrap i gynhyrchu 5 pâr o jîns.

Fleece

Ydych chi'n hoffi gwisgo *fleece*?

Ydych chi'n gwybod pa fath o ddeunydd sydd mewn *fleece*?

Plastig ydy defnydd *fleece*.

Mae 25 potel diod plastig 2 litr yn cynhyrchu un siaced *fleece*.

Mae'n bosib ailgylchu ac ailddefnyddio plastig i wneud llawer iawn o bethau.

Mae'r cwmni *'Linpac Plastics Recycling'* yn Lloegr yn ailddefnyddio hen blastig i gynhyrchu bocsys pacio bwyd cyflym, potiau iogwrt, cwpanau plastig a bocsys wyau.

Sut mae creu *fleece*?

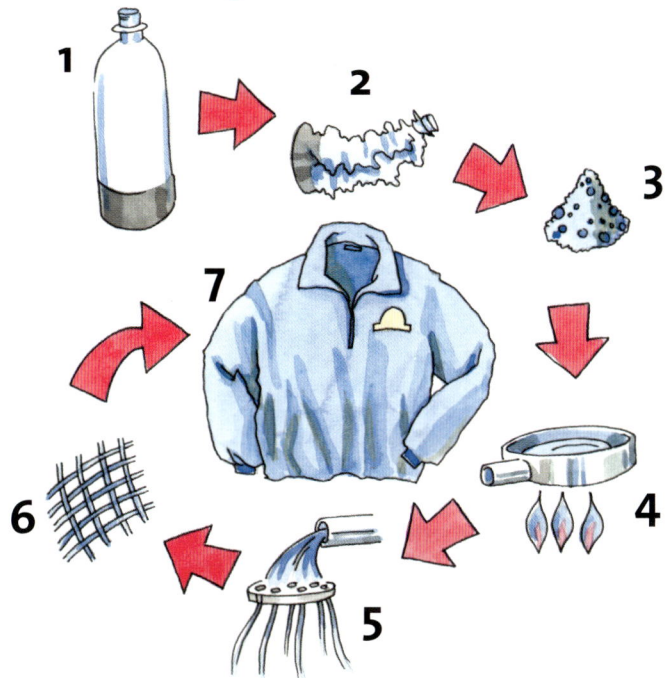

1. Poteli plastig.

2. Gwasgu'r poteli.

3. Troi'r poteli yn beli bach.

4. Mae'r peli'n cael eu toddi a'u troi'n hylif.

5. Mae'r hylif yn mynd trwy dyllau bach ac yn oeri.

6. Mae'r plastig nawr fel ffeibr

7. Mae'r ffeibr – y defnydd newydd - yn creu *fleece*

Sut i helpu'r amgylchedd

Beth allwch chi wneud?

Yn gyntaf, beth am brynu pecynnau sy wedi cael eu hailgylchu'n barod, e.e. potiau iogwrt arbennig?

Beth arall?

Beth am

- ailddefnyddio bagiau plastig o'r archfarchnad

- rhoi hen deganau neu ddillad i siopau elusennol

- ailgylchu hen ddodrefn drwy eu peintio, neu eu rhoi i elusen

- creu tomen compost yn eich gardd a rhoi bwyd gwastraff ar y domen

- defnyddio cynllun ailgylchu'r ardal

- ailddefnyddio pethau yn y tŷ fel ailddefnyddio amlenni drwy roi sticer glân dros yr hen gyfeiriad

Beth am osgoi cynhyrchu gwastraff?

Oes babi yn y teulu?

Oes brawd bach gyda chi?

Oes chwaer fach gyda chi?

Ydyn nhw'n gwisgo cewynnau tafladwy?

Oeddech chi'n gwybod ...?

- Mae 4.5 coeden yn cael eu torri i lawr i wneud cewynnau tafladwy ar gyfer un babi?

- Mae cewynnau tafladwy yn cymryd 500 o flynyddoedd i dorri i lawr.

- Mae 500 o gewynnau'n cael eu taflu i'r bin bob munud yng Nghymru.

- Mae 240 miliwn o gewynnau'n cael eu taflu i'r bin bob blwyddyn yng Nghymru.

Mae cwmni yng Nghymru yn poeni am y cewynnau tafladwy a'r niwed i'r amgylchedd.

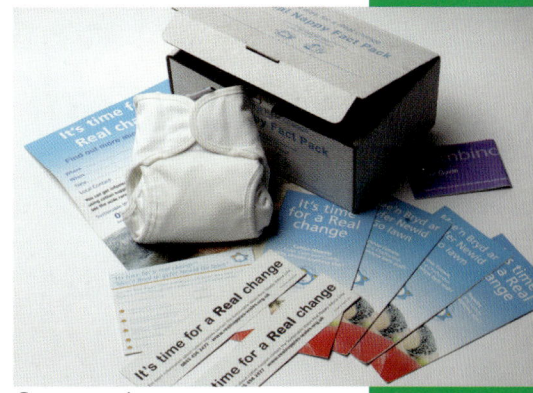
Cewyn cotwm

Dydy'r cwmni ddim yn casglu gwastraff. Mae'r cwmni'n stopio'r gwastraff o'r dechrau.

Mae'r cwmni'n gwneud cewynnau cotwm i fabis.

Golchi'r cewynnau

Mae hi'n bosib ailgylchu'r cewynnau. Mae hi'n bosib golchi'r cewynnau a'u hailddefnyddio nhw.

Cewyn arbennig iawn

Ydych chi wedi clywed am Cynllun 'Craff am Wastraff'?

recycle for Wales
ailgylchu dros Gymru
www.craffamwastraff.org.uk

Mae'r Cynllun yn ein dysgu ni i

- **Arbed**

- **Ailddefnyddio**

- **Ailgylchu**

Llywodraeth Cynulliad Cymru sy'n talu am y Cynllun.